EL PAYASO MANÍACO

EL PAYASO MANÍACO

ALDIVAN TORRES

aldivan teixeira torres

Contents

1   1

I

El payaso maníaco
Aldivan Torres
El payaso maníaco

Autor: Aldivan Torres
2020- Aldivan Torres
Todos los derechos reservados
Serie: Las Hermanas Pervertidas

Este libro, incluyendo todas sus partes, está protegido por derechos de autor y no puede ser reproducido sin el permiso del autor, revendido o transferido.

Aldivan Torres, nacido en Brasil, es un artista literario. Promete con sus escritos deleitar al público y llevarlo a las delicias del placer. Después de todo, el sexo es una de las mejores cosas que hay.

El payaso maníaco

El domingo vino y con él muchas noticias en la ciudad. Entre ellos, la llegada de un circo llamado superestrella, famoso por todo Brasil. Eso es todo lo que hablamos en la zona. Curiosamente, las dos hermanas programadas para asistir a la inauguración del espectáculo programado para esta misma noche.

Cerca del horario, los dos ya estaban listos para salir después de una cena especial para su celebración de soltera. Vestido para la gala, ambos desfilaron simultáneamente, donde salieron de la casa y entraron en el garaje. Entrando en el coche, empiezan con uno de ellos bajando y cerrando el garaje. Con el retorno de la misma, el viaje puede reanudarse sin ningún problema.

Saliendo del distrito San Christopher, dirigiéndose al distrito Boa Vista, al otro extremo de la ciudad, la capital del interior con unos ochenta mil habitantes. Mientras caminan por las tranquilas avenidas, se sorprenden por la arquitectura, la decoración de Navidad, los espíritus de la gente, las iglesias, las montañas de las que parecían hablar, los fragantes juegos de palabras intercambiados en complicidad, el sonido de roca fuerte, el perfume francés, las conversaciones sobre política, negocios, sociedad, fiestas, cultura noreste y secretos. De todos modos, estaban totalmente relajados, ansiosos, nerviosos y concentrados.

En el camino, instantáneamente, una lluvia fina. En contra de las expectativas, las niñas abren las ventanas del vehículo haciendo pequeñas gotas de agua lubricar sus caras. Este gesto muestra su sencillez y autenticidad, verdaderos campeones de muy buen humor. Esta es la mejor opción para la gente. ¿Cuál es el punto de eliminar fracasos, la inquietud y el dolor del pasado? No los llevarían a ningún lado. Por eso fueron felices a través de sus elecciones. Aunque el mundo los juzgó, no les importó porque eran dueños de su destino. ¡Feliz cumpleaños a ellos!

A unos diez minutos, ya están en el estacionamiento adherido al circo. Cierran el coche, caminan unos metros hacia el patio interior del medio ambiente. Para llegar temprano, se sientan en las primeras gradas. Mientras esperas el espectáculo, compran palomitas, cerveza, dejan caer las tonterías y los juegos de palabras silenciosos. ¡No había nada mejor que estar en el circo!

Cuarenta minutos después, el espectáculo se inicia. Entre las atracciones se encuentran bromeando payasos, acróbatas, trapecistas, contorsionistas, globo de la muerte, magos, malabaristas y un espectáculo musical. Durante tres horas viven momentos mágicos, divertidos, distraídos, jugar, enamorarse, por fin, en vivo. Con la ruptura del espectáculo, se aseguran de ir al vestidor y saludar a uno de los payasos. Había logrado el truco de animarlos como si nunca hubiera pasado.

En el escenario, tienes que conseguir una línea. Coincidentemente, son los últimos en entrar al vestidor. Allí, encuentran un payaso totalmente desfigurado, lejos del escenario.

"Vinimos aquí para felicitarte por tu gran espectáculo. ¡Hay un regalo de Dios en él! Vio a Belinha.

"Tus palabras y tus gestos han sacudido mi espíritu. No lo sé, pero noté una tristeza en tus ojos. ¿Tengo razón?

"Gracias a ambos por las palabras. ¿Cómo se llaman? Respondió al payaso.

"¡Mi nombre es Amelinha!

"Mi nombre es Belinha.

"Encantado de conocerte. ¡Puedes llamarme Gilberto! En realidad, he pasado por suficiente dolor en esta vida. Uno de ellos fue la reciente separación de mi esposa. Debes entender que no es fácil separarse de tu esposa después de 20 años de vida, ¿verdad? Sin embargo, me complace cumplir mi arte.

"¡Pobre tipo! ¡Lo siento! (Amelinha).

"¿Qué podemos hacer para animarlo? (Belinha).

"No sé cómo. Después de la ruptura de mi esposa, la echo mucho de menos. (Gilberto).

"Podemos arreglar esto, ¿no, hermana? (Belinha).

"Claro. Eres un hombre guapo. (Amelinha)

"Gracias, chicas. Ustedes son maravillosos. Exclama Gilberto.

Sin esperar más, el varón blanco, alto, fuerte, de ojos oscuros se desnudó, y las damas siguieron su ejemplo. Totalmente desnudo, el trío entró en el juego previo justo ahí en el suelo. Más que un intercambio de emociones y juramentos, el sexo los entregó y los animó. En esos breves momentos, sentían partes de una fuerza mayor, el amor de Dios. Por medio del amor, llegaron al éxtasis mayor que un humano podría lograr.

Terminando el acto, se visten y se despiden. Ese paso más y la conclusión que llegó fue que el hombre era un lobo salvaje. Un payaso maníaco que nunca olvidarás. No más, dejan el circo mudando al estacionamiento. Están entrando en el coche empezando su camino de regreso. Los próximos días se prometieron más sorpresas.

El segundo amanecer ha llegado más hermoso que nunca. A primera hora de la mañana, nuestros amigos están contentos de sentir el calor del sol y la brisa vagando por sus caras. Estos contrastes causaron en el aspecto físico de la misma una buena sensación de libertad, satisfacción, y alegría. Estaban listos para enfrentar un nuevo día.

Sin embargo, concentran sus fuerzas culminando en su levantamiento. El siguiente paso es ir a la suite y hacerlo con extrema vagancia como si fueran del estado de Bahía. No para lastimar a nuestros queridos vecinos, por supuesto. La tierra de todos los santos es un lugar espectacular lleno de cultura, historia y tradiciones seculares. Larga vida a Bahía.

En el baño, se quitan la ropa por la extraña sensación de que no estaban solos. ¿Quién ha oído hablar de la leyenda del baño rubio? Después de una maratón de películas de terror, era normal meterse en problemas con ella. En el instante después, asintieron sus cabezas tratando de ser más silenciosos. De repente, se trata de cada uno de ellos, de su trayectoria política, de su lado ciudadano, de su lado profesional, religioso y de su aspecto sexual. Se sienten bien por ser dispositivos imperfectos. Estaban seguros de que las cualidades y los defectos añadían a su personalidad.

Además, se encierran en el baño. Al abrir la ducha, dejan que el agua caliente fluya a través de los cuerpos sudorosos debido al calor de la noche anterior. El líquido sirve como catalizador absorbiendo todas las cosas malas. Eso es precisamente lo que necesitaban ahora: olvidar el dolor, el trauma, las decepciones, la inquietud tratando de encontrar nuevas expectativas. El año en curso era crucial en ese sentido. Un giro fantástico en todos los aspectos de la vida.

El proceso de limpieza se inicia con el uso de

esponjas de plantas, jabón, champú, además del agua. En este momento, sienten uno de los mejores placeres que le obligan a recordar el billete en el arrecife y las aventuras en la playa. Intuitivamente, su espíritu salvaje pide más aventuras en lo que se quedan para analizar tan pronto como puedan. La situación favorecida por el tiempo libre realizado en la obra de ambos como premio de dedicación a la administración pública.

Durante unos 20 minutos, dejan un poco de lado sus metas para vivir un momento reflexivo en su intimidad respectiva. Al final de esta actividad, salen del baño, limpian el cuerpo mojado con la toalla, llevan ropa limpia y zapatos, llevan perfume suizo, maquillaje importado de Alemania con gafas de sol y tiaras muy bonitas. Completamente listos, se mueven a la copa con sus bolsos en la tira y se saludan con la reunión en gracias al buen Señor.

En cooperación, preparan un desayuno de envidia: cuscús en salsa de pollo, verduras, frutas, crema de café y galletas. En partes iguales, la comida se divide. Ellos alternan momentos de silencio con breves intercambios de palabras porque eran educados. Desayuno terminado, no hay escape más allá de lo que pretendían.

"¿Qué sugieres, Belinha? ¡Estoy aburrido!

"Tengo una buena idea. ¿Recuerdas a la persona que conocimos en el festival literario?

"Lo recuerdo. Era escritor y su nombre era Divino.

"Tengo su número. ¿Qué tal si nos ponemos en contacto? Me gustaría saber dónde vive.

"Yo también. Gran idea. Hazlo. Me encantará.

"¡Muy bien!

Belinha abrió su bolso, tomó su teléfono y empezó a marcar. En unos momentos, alguien responde a la línea y comienza la conversación.

"Hola.

"Hola, Divino. ¿De acuerdo?

"Muy bien, Belinha. ¿Cómo te va?

"Lo estamos haciendo bien. Mira, ¿todavía está la invitación? Mi hermana y yo queremos un espectáculo especial esta noche.

"Por supuesto que sí. No te arrepentirás. Aquí tenemos sierras, naturaleza abundante, aire fresco más allá de la gran compañía. Estoy disponible hoy, también.

"Qué maravilloso. Bueno, espéranos a la entrada del pueblo. En los 30 minutos casi llegamos.

"Está bien. ¡Nos vemos!

"¡Nos vemos luego!

La llamada termina. Con una sonrisa sellada, Belinha regresa para comunicarse con su hermana.

"Dijo que sí. ¿Vamos?

"Vamos. ¿Qué estamos esperando?

Ambos desfilan desde la copa hasta la salida de la casa, cerrando la puerta detrás de ellos con una llave. Luego se mudan al garaje. Conducen el coche familiar oficial, dejando sus problemas esperando nuevas sorpresas y emociones en la tierra más importante del mundo. Por la ciudad, con un sonido fuerte, mantuvo su pequeña esperanza para sí mismos. Valió la pena todo en ese momento hasta que pensé en la oportunidad de ser feliz para siempre.

Con poco tiempo, toman el lado derecho de la autopista BR 232. Así que comienza el curso del curso a la realización y la felicidad. Con velocidad moderada, pueden disfrutar del paisaje de montaña en las orillas de la pista. Aunque era un ambiente conocido, cada pasaje era más que una novedad. Era un yo redescubierto.

Pasando por lugares, granjas, aldeas, nubes

azules, cenizas y rosas, aire seco y temperatura caliente van. En el tiempo programado, llegan al más bucólico de la entrada del interior brasileño. Mimoso de los coroneles, psíquico, Inmaculada Concepción y gente con alta capacidad intelectual.

Cuando se detuvieron en la entrada del distrito, esperaban a tu querido amigo con la misma sonrisa que siempre. Una buena señal para aquellos que buscaban aventuras. Saliendo del coche, van a conocer al noble colega que los recibe con un abrazo que se vuelve triple. Este instante no parece terminar. Ya se repiten, empiezan a cambiar las primeras impresiones.

"¿Cómo estás, Divino? Preguntó a Belinha.

"Bien, ¿cómo estás? Correspondió a la psíquica.

"¡Genial! (Belinha).

"Mejor que nunca, complementó a Amelinha.

"Tengo una gran idea. ¿Qué tal si subimos a la montaña Ororubá? Fue allí exactamente hace ocho años que mi trayectoria en la literatura comenzó.

"¡Qué belleza! ¡Será un honor! (Amelinha).

"¡Para mí también! Me encanta la naturaleza. (Belinha).

"Así que, vámonos ahora. (Aldivan).

Firmando a seguir, el misterioso amigo de las

dos hermanas avanzaba en las calles del centro. A la derecha, entrando en un lugar privado y caminando unos cien metros los pone en el fondo de la sierra. Hacen una parada rápida, para que puedan descansar e hidratarse. ¿Cómo fue escalar la montaña después de todas estas aventuras? El sentimiento era paz, recogida y duda. Fue como si fuera la primera vez con todos los desafíos impuestos por el destino. De repente, los amigos enfrentan al gran escritor con una sonrisa.

"¿Cómo empezó todo? ¿Qué significa eso para ti? (Belinha).

"En 2009, mi vida giró en monotonía. Lo que me mantuvo vivo fue la voluntad de externalizar lo que sentí en el mundo. Fue entonces cuando oí hablar de esta montaña y de los poderes de su maravillosa cueva. No hay salida, decidí arriesgarme en nombre de mi sueño. Empaqué mi bolso, subí la montaña, realicé tres retos que me acreditaron entraron en la gruta de desesperación, la gruta más mortal y peligrosa del mundo. Dentro de ella, he superado grandes retos al terminar para llegar a la cámara. Fue en ese momento de éxtasis que el milagro sucedió, me convertí en el psíquico, un ser omnisciente a través de sus visiones. Hasta ahora, ha habido 20 aventuras más y no me detendré tan pronto. Gracias a los lectores, gradualmente, estoy logrando mi meta de conquistar el mundo.

"Excitante. Soy un fan tuyo. (Amelinha).

"Conmovedor. Sé cómo debes sentirte sobre llevar a cabo esta tarea de nuevo. (Belinha).

"Excelente. Siento una mezcla de cosas buenas incluyendo el éxito, la fe, la garra y el optimismo. Eso me da buena energía, dijo el psíquico.

"Bien. ¿Qué consejo nos da?

"Mantengamos nuestro enfoque. ¿Están listos para averiguarlo mejor para ustedes mismos? (el maestro).

"Sí. Aceptaron ambos.

"Entonces sígueme.

El trío ha reanudado la empresa. El sol caliente, el viento sopla un poco más fuerte, los pájaros vuelan y cantan, las piedras y las espinas parecen moverse, el suelo se estremece y las voces de las montañas comienzan a actuar. Este es el ambiente presenta en la escalada de la sierra.

Con mucha experiencia, el hombre de la cueva ayuda a las mujeres todo el tiempo. Actuando así, puso en práctica virtudes importantes como solidaridad y cooperación. A cambio, le prestaron un calor humano y una dedicación desigual. Podríamos decir que fue un trío insuperable, imparable y competente.

Poco a poco, suben paso a paso los pasos de la felicidad. A pesar de los considerables logros, siguen siendo incansables en su búsqueda. En una secuela, retrasan un poco el ritmo del paseo, pero manteniéndolo estable. Como dice el dicho, lentamente va lejos. Esta certeza los acompaña todo el tiempo creando un espectro espiritual de pacientes, precaución, tolerancia y superación. Con estos elementos, tenían fe para superar cualquier adversidad.

El siguiente punto, la piedra sagrada, concluye un tercio del curso. Hay un breve descanso, y disfrutan de rezar, agradecer, reflejar y planear los próximos pasos. En la medida correcta, estaban buscando satisfacer sus esperanzas, sus miedos, su dolor, su tortura y sus penas. Por tener fe, una paz indeleble llena sus corazones.

Con el reinicio del viaje, la incertidumbre, las dudas y la fuerza de lo inesperado regresa a actuar. Aunque los asustara, ellos llevaban la seguridad de estar en presencia de Dios y la pequeña bronca del interior. Nada ni nadie podría dañarlos simplemente porque Dios no lo permitiría. Se dieron cuenta de esta protección en cada momento difícil de la vida donde otros simplemente los abandonaron. Dios es efectivamente nuestro único verdadero amigo.

Además, están a mitad del camino. La escalada se realiza con más dedicación y melodía. Contrariamente a lo que suele suceder con los escaladores ordinarios, el ritmo ayuda a la motivación, voluntad y entrega. Aunque no eran atletas, era notable su desempeño por ser sano y comprometido joven.

Después de completar tres cuartas partes de la ruta, la expectativa llega a niveles insoportables. ¿Cuánto tiempo tendrían que esperar? En este momento de presión, lo mejor que se podía hacer era tratar de controlar el impulso de la curiosidad. Ahora todo se debió a la actuación de las fuerzas opuestas.

Con un poco más de tiempo, finalmente terminan la ruta. El sol brilla más brillante, la luz de Dios los ilumina y sale de un sendero, el guardián y su hijo Renato. Todo parecía renacido completamente en el corazón de esos pequeños adorables. Se merecían esa gracia por haber trabajado tan duro. El siguiente paso del psíquico es correr hacia un abrazo apretado con sus benefactores. Sus colegas lo siguen y hacen el abrazo quíntuple.

"¡Qué bueno verte, hijo de Dios! ¡No te he visto en mucho tiempo! Mi instinto maternal me advirtió de tu acercamiento, dijo la señora ancestral.

"¡Me alegro! Es como si recordara mi primera aventura. Había tantas emociones. La montaña, los retos, la cueva, y el viaje en el tiempo han marcado mi historia. Volver aquí me trae buenos recuerdos. Ahora, traigo conmigo dos guerreros amistosos. Necesitaban esta reunión con el sagrado.

"¿Cómo se llaman, señoras? (Guardián de Montaña).

"Mi nombre es Belinha, y soy auditor.

"Mi nombre es Amelinha, y soy profesora. Vivimos en Arcoverde.

"Bienvenidos, señoritas. (Guardian de Montaña.).

"¡Estamos agradecidos! Dijo en concomitante que los dos visitantes con lágrimas corriendo a través de sus ojos.

"Me encantan las nuevas amistades, también. Estar junto a mi amo de nuevo me da un placer especial de aquellos increíbles. Las únicas personas que saben entender que somos nosotros dos. ¿No es así, compañero? (Renato).

"¡Nunca cambias, Renato! Tus palabras no tienen precio. Con toda mi locura, encontrarlo fue una de las cosas buenas de mi destino.

Mi amigo y mi hermano respondieron al psíquico sin calcular las palabras. Salieron naturalmente por el verdadero sentimiento que alimentaba por él.

"Estamos correspondidos en la misma medida. Por eso nuestra historia es un éxito, dijo el joven.

"Qué bueno estar en esta historia. No tenía ni idea de lo especial que era la montaña en su trayectoria, querido escritor, dijo Amelinha.

"Es realmente admirable, hermana. Además, tus amigos son muy amables. Estamos viviendo la verdadera ficción y eso es lo más maravilloso que hay. (Belinha).

"Agradecemos el cumplido. Sin embargo, debe estar cansado del esfuerzo empleado en la escalada. ¿Qué tal si nos vamos a casa? Siempre tenemos algo que ofrecer. (Señora).

"Hemos aprovechado la oportunidad para ponernos al día en nuestras conversaciones. Extraño tanto a Renato.

"Creo que es genial. En cuanto a las damas, ¿qué dices?

"Me encantará. (Belinha).

"¡Lo haremos!

"¡Entonces vámonos! Ha completado al maestro.

El quinteto comienza a caminar en el orden dado por esa fantástica figura. Inmediatamente, un golpe frío a través de los fatigados esqueletos de la clase. ¿Quién era esa mujer, en realidad, y qué poderes tenía? A pesar de tantos momentos juntos, el misterio permaneció cerrado como puerta a siete llaves. Probablemente nunca lo sabrían porque era parte del secreto de la montaña. Al mismo tiempo, sus corazones permanecieron en la niebla. Estaban agotados de donar amor y no recibir, perdonar y decepcionar de nuevo. De todos modos, o se acostumbraron a la realidad de la vida o sufrirían mucho. Necesitaban un consejo, por lo tanto.

Paso a paso, van a superar los obstáculos. Instantáneamente, oyen un grito inquietante. Con una mirada, el jefe los calma. Ese era el sentido de la jerarquía, mientras que los más fuertes y experimentados protegían, los sirvientes regresaban con dedicación, adoración y amistad. Era una calle de dos direcciones.

Lamentablemente, se las arreglarán con gran y gentileza. ¿Qué diablos había pasado por la cabeza de Belinha? Estaban en medio del arbusto arrestado por animales desagradables que podían hacerles daño. Aparte de eso, había espinas y pies puntiagudos. Como cada situación tiene su punto de vista, habiendo existido la única oportunidad de entenderse a sí mismo y a sus deseos, algo déficit en la vida de los visitantes. Pronto, valió la pena la aventura.

La próxima mitad de camino, harán una parada. Justo cerca de allí, había un huerto. Se dirigen al cielo. En alusión al cuento de la Biblia, se sintieron completamente libres e integrados a la naturaleza. Como los niños, juegan a trepar árboles, toman las frutas, bajan y se las comen. Luego meditan. Aprendieron tan pronto como la vida se hace por momentos. Ya sea tristes o felices, es bueno disfrutarlos mientras estamos vivos.

En el instante posterior, se toman un baño refrescante en el lago adjunto. Este hecho provoca buenos recuerdos de una vez, de las experiencias más notables de sus vidas. ¡Qué bonito fue ser un niño! Qué difícil fue crecer y enfrentar la vida adulta. Vive con lo falso, la mentira y la falsa moralidad de la gente.

Siguiendo adelante, se están acercando al destino. A la derecha, en el sendero, ya se puede ver la simple casucha. Ese era el santuario de la gente más maravillosa y misteriosa de la montaña. Eran maravillosos, lo que prueba que el valor de una persona no está en lo que posee. La nobleza del alma está en carácter, en actitudes de caridad y asesoramiento. Así que el dicho dice: un amigo en la plaza es mejor que el dinero depositado en un banco.

Unos pasos hacia delante, se detienen frente a la entrada de la cabaña. ¿Tendrán respuestas a tus preguntas internas? Solo el tiempo podría responder a estas y otras preguntas. Lo importante de esto era que estaban allí para lo que venga y va.

Tomando el papel de la anfitriona, el guardián abre la puerta, dando a todos el demás acceso al interior de la casa. Entran al cubículo vacío, observando todo ampliamente. Están impresionados por la delicadeza del lugar representado por la ornamentación, los objetos, los muebles y el clima de misterio. Contradictoria, había más riquezas y diversidad cultural que en muchos palacios. Así que podemos sentirnos felices y completas incluso en entornos humildes.

Uno por uno, te instalarás en las localidades disponibles, excepto que Renato va a la cocina a preparar el almuerzo. El clima inicial de timidez se rompe.

"Me gustaría conocerlos mejor, chicas.

"Somos dos chicas de Arcoverde City. Somos felices profesionalmente, pero perdedores enamorados. Desde que fui traicionado por mi viejo compañero, me he sentido frustrado, Confesado Belinha.

"Fue entonces cuando decidimos vengarnos de los hombres. Hicimos un pacto para atraerlos y usarlos como objeto. No volveremos a sufrir, dijo Amelinha.

"Les doy todo mi apoyo. Los conocí en la multitud y ahora su oportunidad ha venido a visitar aquí.

"Interesante. Esta es una reacción natural al sufrimiento de las decepciones. Sin embargo, no es la mejor manera de ser seguido. Juzgar a una especie entera por la actitud de una persona es un error claro. Cada uno tiene su individualidad. Esta cara sagrada y desvergonzada puede generar más conflicto y placer. Depende de ti encontrar el punto correcto de esta historia. Lo que puedo hacer es apoyar como tu amigo hizo y convertirse en cómplice de esta historia analizó el espíritu sagrado de la montaña.

"Lo permitiré. Quiero encontrarme en este santuario. (Amelinha).

"Yo también acepto tu amistad. ¿Quién sabía que estaría en una fantástica telenovela? El mito de la cueva y la montaña parece tan real ahora. ¿Puedo pedir un deseo? (Belinha).

"Por supuesto, querida.

"Las entidades de montaña pueden escuchar las peticiones de los humildes soñadores como me ha sucedido. ¡Ten fe! (el hijo de Dios).

"Estoy tan incrédulo. Pero si lo dices, lo intentaré. Pido un final feliz para todos nosotros. Que cada uno de ustedes se haga realidad en los principales campos de la vida.

"¡Lo concedo! Truenos una voz profunda en el medio de la habitación.

Ambas putas han hecho un salto al suelo. Mientras tanto, los otros se rieron y lloraron por la reacción de ambos. Ese hecho había sido más bien una acción de destino. Qué sorpresa. No había nadie que pudiera haber predicho lo que estaba pasando en la cima de la montaña. Desde que un famoso indio había muerto en la escena, la sensación de la realidad había dejado espacio para lo sobrenatural, el misterio y lo inusual.

"¿Qué demonios fue ese trueno? Estoy temblando hasta ahora, confesó Amelinha.

"Escuché lo que dijo la voz. Ella confirmó mi deseo. ¿Estoy soñando? Preguntó a Belinha.

"¡Los milagros suceden! Con el tiempo, sabrás exactamente lo que significa decir esto, dijo el maestro.

"Creo en la montaña, y también debes creer en ella. Por su milagro, permanezco aquí convencido y seguro de mis decisiones. Si fallamos una vez, podemos empezar de nuevo. Siempre hay esperanza para los vivos... aseguró al chamán del psíquico mostrando una señal en el techo.

"Una luz. ¿Qué significa eso? (Belinha).

"Es tan hermoso y brillante. (Amelinha).

"Es la luz de nuestra eterna amistad. Aunque desaparezca físicamente, permanecerá intacta en nuestros corazones. (Guardián

"Todos somos luz, aunque de formas distinguidas. Nuestro destino es la felicidad. (el psíquico).

Ahí es donde entra Renato y hace una propuesta.

"Es hora de que salgamos y encontremos algunos amigos. Ha llegado el momento de divertirse.

"Estoy deseando que sea. (Belinha)

"¿Qué estamos esperando? Es hora. (Gritando)

El cuarteto sale al bosque. El ritmo de los pasos es rápido lo que revela una angustia interior de los personajes. El entorno rural de Mimoso contribuyó a un espectáculo de la naturaleza. ¿Qué desafíos enfrentarías? ¿Serían peligrosos los animales feroces? Los mitos de la montaña podrían atacar en cualquier momento lo que fuera bastante peligroso. Pero el valor era una cualidad que todos llevaban allí. Nada detendrá su felicidad.

Ha llegado el momento. En el equipo de activos, había un negro, Renato, y un rubio. En el equipo pasivo estaba Divino, Belinha y Amelinha. Con el equipo formado, la diversión comienza entre el verde gris de los bosques del país.

El negro sale con Divino. Renato Dates Amelinha y el rubio sale con Belinha. El sexo en grupo comienza en el intercambio de energía entre los seis. Todos eran para uno y todos para uno. La sed de sexo y placer era común para todos. Cambiando de posiciones, cada uno experimenta sensaciones únicas. Intentan sexo anal, sexo vaginal, sexo oral, sexo grupal entre otras modalidades sexuales. Eso prueba que el amor no es un pecado. Es un comercio de energía fundamental para la evolución humana. Sin culpabilidad, rápidamente intercambian pareja, lo que proporciona múltiples orgasmos. Es una mezcla de éxtasis que involucra al grupo. Pasan horas teniendo sexo hasta que estén cansados.

Después de todo, vuelven a sus posiciones iniciales. Todavía había mucho que descubrir en la montaña.

Fin

www.ingramcontent.com/pod-product-compliance
Lightning Source LLC
LaVergne TN
LVHW020454080526
838202LV00055B/5444